Den Kvinnliga Tränare

Erika Sanders

Erotisk Dominans och Underkastelse

Synopsis

Erika tycker att hennes kvinnliga
tränare är väldigt sexig. Kommer hon att
göra något när hon är ensam med
henne?...

Den Kvinnliga Tränare är en roman med ett starkt BDSM erotiskt innehåll och i sin tur en ny roman som tillhör samlingen **Erotisk Dominans och Underkastelse**, en serie romaner med ett högt romantiskt och erotiskt BDSM-innehåll.

(Alla karaktärer är 18 år eller äldre)

Erika Sanders är en internationellt känd
författare, översatt till mer än tjugo
språk, som signerar sina mest erotiska
skrifter, bort från sin vanliga prosa, med
sitt flicknamn.

Index:

KAPITEL 1

Trots att hon var ganska utmattad efter dagens högskolekurser ansträngde sig Erika ändå för att träna på universitetsgym. Hon behövde det. Ärligt talat var hon den sämsta spelaren i softbollslaget.

Visst, hon var i bra form redan, men jämfört med de andra tjejerna i laget var hon helt enkelt inte tillräckligt bra och det var ett mirakel att hon överhuvudtaget kom med i laget. Laget krävde ett minimum av spelare och Erika var det minsta.

Efter att ha utfört en push/pull-rutin med olika maskiner tog hon en andningspaus innan hon träffade magen.

Hon gjorde trettio reps i snabb följd på en bänk, vilade en minut och upprepade sedan setet två gånger till.

När hon kämpade på det sista setet tittade hon upp för att se ett ansikte som blockerade ljuset. En kvinna stod slumpmässigt över henne med ett svettigt ansikte, en stökig hästsvans och en handduk lindad runt hennes hals.

"Kom igen, reps, reps, reps!" uppmuntrade kvinnan skämtsamt.

Erika kände direkt att det var Coach Bethy. Hon körde igenom några extra reps på magen som för att bevisa sin tuffhet, och stod sedan för att hälsa på tränaren Bethy.

"Hej där", log hon och tog djupa andetag från träningen.

Tränaren Bethy log tillbaka. "Förlåt att jag stör din träning. Du behövde en boost."

"Ja, jag försöker komma i bättre form."

"Jag är glad att se att du jobbar hårt", svarade tränaren Bethy.

"Apropå det, var du här hela tiden? Jag hade inte sett dig."

Tränaren Bethy torkade hennes ansikte med en handduk. "Jag var i bastun den senaste halvtimmen. Innan dess körde jag en timmes konditionsträning på löpbandet."

"Trevlig."

"Är du en löpare, Erika?" hon frågade.
"Hur ofta springer du?"

"Inte så mycket som jag skulle vilja. Jag springer oftare när det inte finns någon skola. Kanske 3-5 mil."

"Underbar."

"Självklart har jag inte resultat som du", svarade Erika och märkte att tränarens muskler krusade när man andades. "Jag menar, herregud, din kroppsbyggnad är fantastisk."

Coach Bethy böjde en biceps. "Tack. Mycket hårt arbete."

"Jag menar, seriöst. Du har fantastisk genetik."

"På vissa sätt, men i ärlighetens namn, är jag smart med min rutin."

"Några hemligheter?" frågade Erika. "Jag skulle döda för att ha en kropp som din."

"För det första, tack, det är sött. För det andra, var stolt över den kropp du har. Kvinnor är för hårda mot sig själva. Jag tycker att varje kvinna är underbar på sitt unika sätt. Var dig själv och rocka vad du har."

Erika nickade. "Åh, jag håller definitivt med om den känslan. Men alla tjejer är inte med i ett idrottslag. Jag är faktiskt i DITT lag, och våra odds att vinna matcher skulle öka exponentiellt om jag var i bättre form."

För extra effekt slog Erika hennes ögonfransar och tränaren Bethy skrattade.

"Berätta för mig din typiska
träningsrutin och diet. Sedan ska jag ge
dig några tankar om jag kan."

Erika gav en snabb genomgång av
hennes vanliga träningsschema och
kostplan; allt från hur hon tyckte om att
springa och vilka övningar hon gjorde.

"Jag tror att jag hittade ditt problem," sa
Coach Bethy i en avslutande ton.

"Vad är det?"

"Du har sannolikt nått en platå. Det är
när din kropp är så van vid samma rutin
att den slutar anpassa sig, så att du inte
gör några vinster längre."

Erika knep ihop läpparna. "Hmmm...
Intressant. Jag har använt samma rutin i
flera år, så du kanske har rätt."

"Kanske lyfta tyngre vikter eller prova
mer explosiva övningar. Byt om, hitta
något roligt."

"Några rekommendationer?"

"Personligen gillar jag att simma",
svarade tränaren Bethy. "Det har låg
påverkan på mina leder, hög intensitet
och det ger mig en känsla av frihet när
jag är i vattnet."

"Gud, jag älskade att simma som barn.
Mindre när vår familj flyttade till en
annan plats. Jag har inte simmat alls
sedan jag flyttade till college."

"Så där. Problemet löst. Försök att
simma. Simma hårt, simma snabbt, men
gör dig inte för öm, annars kommer du
inte att kunna träna softboll ordentligt.
Om du kopplar det till en bra kost ,
kommer att märka stora förändringar i
din kropp."

"Problemet är att alla närliggande pooler
alltid är upptagna", stönade Erika.
"Särskilt universitetspoolen."

"Det är sant, det är därför jag alltid
kommer till campus tidigt och simmar
ensam. Schemat fungerar perfekt för
mig."

"Simma ensam? Det måste vara skönt.
Jag kan bara drömma."

"Känner jag avundsjuka?" Tränaren
Bethy retade. "Ja, jag har poolen helt för
mig själv. Det är terapeutiskt för mig,

både fysiskt och mentalt. Det är ett bra sätt att börja en hektisk dag."

"Jag är helt avundsjuk."

"Du får gärna gå med mig, så länge du håller det hemligt."

"Är du säker?" frågade Erika häpen över erbjudandet.

"Varför inte? Kommer du att känna dig obekväm?"

"Det beror på. Är du en seriemördare?"

Tränaren Bethy skakade på huvudet. "Nej, men jag kan vara en seriemördare som dödar andra seriemördare, som Dexter."

"Fungerar för mig", svarade Erika innan hon tänkte efter. "Jag stör dig väl inte? Jag menar, jag vill inte störa din privata tid."

"Nonsens. Jag är vid poolen 06:45 på måndag morgon. Om du är intresserad, kom i tid och ta med en handduk och badkläder. Vi har en timme ensamma."

"Det är en dejt", log Erika.

Tränaren Bethy gav en frågvis blick. "Intressant val av ord. Hur som helst, jag måste gå och jag behöver en dusch. Ledsen att jag avbryter ditt magträning."

"Inga bekymmer. Mina magmuskler suger i alla fall."

Tränaren Bethy petade Erikas mage. "Måndag morgon. Jag ska visa dig några bra magrutiner i poolen."

"Tror du att det kommer att fungera för mig?"

"Det har fungerat för mig", svarade tränaren och gnuggade sin egen platta mage, kände på de spända musklerna.

KAPITEL 2

På fullt allvar blev Erika imponerad av chansen att träna privat med tränaren Bethy. Denna kvinnliga tränare var trots allt en fantastisk person och i fantastisk form.

Innerst inne har Erika alltid drömt om att vara den där tjejen. Tjejen som hade slagit det vinnande skottet, sedan skulle hela laget hissa upp henne på sina axlar, så att hon kunde paraderas runt på planen som en hjälte. Det var osannolikt, men en fantasi ändå.

I måndags kom hon i tid och hälsade på Coach Bethy. Efter att ha låst upp poolen, tänt lamporna och tänt på värmen gick de till omklädningsrummet

för att byta om. De tog på sig
badkläderna i olika skåp så att de inte
skulle se varandra nakna.

De träffades vid poolområdet där de tog
en stund för att beundra varandras
badkläder.

"Är det nytt?" frågade tränaren Bethy.

"Japp. Jag köpte den i helgen."

"Skönt. Det ser ut som att du är redo att
gå."

De gjorde sina uppvärmningar och
lossade sina lemmar i flera minuter. När
deras kroppar var varma dök de ner i
poolen och simmade varv. Normalt
tempo till en början. Sedan simmade de
snabbt fram och tillbaka mellan

bassängens båda ändar och arbetade på
sin styrka och konditionsuthållighet.

Efter tio varv med väldigt lite vila
emellan lutade de sig mot bassängsidan
med armarna på betongen.

"Det var intensivt", huffade Erika med
ett tungt andetag.

"Det var det. Och jag älskar det."

Erikas puls gick mot det normala. "Jag
kommer definitivt att ha ont imorgon."

Tränaren Bethy höjde på ögonbrynet.
"Så du tror att vi redan är klara?"

"Är vi inte?" svarade Erika.

"Dina magmuskler, minns du? Ville du
inte jobba med dem?"

"Jag tror att jag har fått nog av ett core-
pass av att simma de där varven."

Ett sadistiskt leende kom över den
kvinnliga tränarens läppar. "Strunt. Vi är
redan i poolen, så vi kan lika gärna göra
det vi kom hit för. Följ mig. Ställ ryggen
mot väggen, håll fast i betongen med
armarna och gör benhöjningar. Så här ."

Coach Bethy ledde med gott exempel,
satte ryggen mot väggen, vilade armarna
på betongen och gjorde sedan
benhöjningar så att hennes fötter skulle
ploppa upp ur vattnet. Hon gjorde flera
reps. Erika gjorde likadant men
kämpade på efter tredje repet.

"Det här är svårt", suckade Erika och satte ner fötterna igen. "Det är så mycket svårare att vattnet ger motstånd."

"Det är poängen."

"Jag kan inte fortsätta."

"Visst kan du, bara några fler reps."

Erika stack ut tungan. "Ughhh....kan du hjälpa mig åtminstone?"

"Säker."

Det var då tränaren satte händerna i vattnet för att hjälpa Erika genom att trycka under hennes nedre lår, så att fler reps kunde göras.

"Nu, det här är vad jag kallar att träna",
log Erika medan tränaren hjälpte till att
lyfta hennes ben för några fler reps.

"Jag är förvånad över att jag inte har
skrämt bort dig än, om jag ska vara
ärlig."

"Från träningen? Jag är inte den bästa
naturliga idrottaren, men jag är inte en
slutare heller. Även om jag försökte sluta
för ett ögonblick sedan. Jag är ihärdig
när jag behöver vara det."

Erika fortsatte att göra benhöjningar i
vattnet medan tränaren hjälpte hennes
rörelser.

"Jag menar det andra," sa tränare Bethy.
"Du verkar inte vara den typen. Det är
därför jag är förvånad."

"Nu är jag helt förvirrad."

"Glöm det."

Erika la ner benen och de tittade på varandra. "Du anspelade på något förra veckan om att du inte ville träna med mig. Nu antyder du något igen. Är det något jag saknar? Jag menar, är du en seriemördare eller vad? Jag lovar att jag inte berättar. "

"Vet du inte?" frågade tränaren Bethy. "Jag är lesbisk. Jag antar att du är den enda tjejen i laget som inte har hört det ännu."

"Åh..."

"Fick du inte memo?"

"Jag visste inte att det fanns en", ryckte Erika på axlarna.

"Jag förstår att det är 2023, och jag menar inte att du är homofob eller något. Men några av tjejerna i laget kommer från religiös bakgrund, vars föräldrar bidrar med mycket pengar till den här akademiska institutionen. Det är en knepig sak. "

"Utpressar de dig?"

Tränaren Bethy skakade på huvudet. "Nej, inget sådant. Det är en lång historia. Men i princip såg några av tjejerna i laget mig kyssa en kvinnlig professor i omklädningsrummet."

"En kvinnlig professor?" frågade Erika och döljde sin förvåning.

"Ja, en kvinnlig professor. Det var en kortlivad grej. Läraren kunde inte vänta och kom in och vi kysstes. Jag tyckte att vi hade tillräckligt med privatliv så jag tillät det. Hur som helst, de såg det och blev lika chockade som du är. Vi pratade och de kom överens om att hålla det hemligt för mig. Men tjejer kommer att vara tjejer, och jag vet att de sprider information om mig. Jag har märkt att några av de kvinnliga spelarna i laget fnissar när de ser mig. Hej, sånt är livet, eller hur?"

"Det suger."

"Vad kan jag göra? Jag är inte i en fördelaktig position här."

"Det är 2023, du kan vara hur gay du vill", konstaterade Erika.

"Jag vet. Men stigmat kommer att finnas
där, och jag vill inte göra saker konstiga
eftersom jag är runt framstående
medlemmar av denna institution
mycket. Medlemmar som, ska vi säga, är
mycket mer traditionella än oss. Inte det
det är en dålig sak. Det är bara så det är."

"För protokollet, jag har inga problem
med din livsstil. Jag tycker att du är
underbar och fantastisk. Och det menar
jag verkligen från djupet av mitt hjärta."

"Det betyder mycket", log tränaren
Bethy. "Jag var i alla fall inte säker på
vad dina åsikter var. Det var därför jag
var tveksam till att vi tränade privat."

"Hur vet du åt vilket håll jag gungar?"

"Dina ögon tenderar att titta på mina
muskler. Inte på mina bröst, ben eller
läppar."

Erika log. "Jag antar att det är en bra mätare."

"Ja, det är bäst att vi tar oss upp ur poolen innan vi förvandlas till katrinplommon av att ha varit i vattnet så länge."

"Jag är inte färdig med mina benhöjningar."

"Är inte du?" frågade tränaren Bethy, och visste vart detta var på väg.

"Jag är säker på att jag kan pressa ut några reps. Gud vet att min kärna behöver all hjälp den kan få."

"Jag antar att du behöver hjälp."

Erika tryckte ryggen mot väggen och höll fast i betongen. "Jag kan inte göra de här benhöjningarna i poolen utan din hjälp. Jag är helt klart inte lika stark som du."

"Jag tror att det är mycket starkt att satsa på din kondition."

Coach Bethy sträckte sig i vattnet och placerade händerna under Erikas lår igen, och hjälpte henne att göra benhöjningarna i vattnet. Stämningen dem emellan hade förändrats. Det var som att de kom närmare av informationen de delade. Bonding tenderar att gå till på det sättet.

"Hur känns det?" frågade tränaren Bethy. "Branner du ännu?"

"Pratar du om min kärna eller dina händer nära min rumpa?"

Tränaren Bethy gav en skensuck. "Svara hur du vill."

"Båda brinner. På ett bra sätt."

Kvinnorna log mot varandra och efter ytterligare några assisterade reps bad Erika att sluta när hennes magmuskler värkte. Tränaren Bethy släppte taget och Erika satte ner benen på poolgolvet.

"Du är en bra sport", sa tränaren Bethy glatt. "Jag gillar din arbetsmoral."

Erika spände sig plötsligt. "Får jag fråga dig något? Det är lite pinsamt, men jag vill fråga dig ändå."

"Visst, vad som helst."

"När visste du? Jag menar, du vet vad jag menar. Men när visste du?"

Självklart förstod tränaren Bethy frågan. "Jag har alltid vetat. Varför? Har mina instinkter fel om dig?"

Erika skakade på huvudet. "Nej, jag vet inte. Det är komplicerat."

"Hmmm..." nynnade tränaren Bethy under hennes andetag. "Du är en intressant sådan."

"Varför? För att jag är kvinnlig konstig och inte hamnar i de stereotypa rutorna?"

"Kanske."

"Ja, det är betryggande", svarade Erika.

"Det är okej att vara nyfiken. Det är helt
naturligt. Men jag är inte säker på om jag
är rätt person du borde prata med. Jag är
en kvinnlig anställd på den här skolan
och jag är bunden av etiska riktlinjer."

"Jag är vuxen."

Tränaren Bethy tog ett djupt andetag.
"Om du är nyfiken på något, då finns jag
här för dig. Jag vet att du befinner dig i
en utmanande tid i ditt liv, eftersom du
är en ung kvinna på college."

"Tack."

"Var det något specifikt du ville prata
om?"

"Hur hände första gången?" Erika
tvingade sig själv att fråga. "Jag menar,

förföljde du den andra personen? Eller gick den andra efter dig?"

"Det var ömsesidigt, för att vara ärlig. Min första gång var ungefär i din ålder när jag gick på college. Jag var rumskamrat med den här tjejen. Jag ska bespara dig detaljerna. Men jag visste vad jag var. Hon var på staketet ungefär saker. Det enda vi hade gemensamt var att vi verkligen slog till. Vi hade en fantastisk kemi tillsammans, och överraskande nog var hon attraherad av mig."

"Jag tycker inte att det är en överraskning alls. Du är het."

Tränaren Bethy log, "Tack. Men det var min första gång. Det hände liksom bara en natt när vi studerade tillsammans. Jag ska bespara dig de sexiga bitarna."

"Studier och sedan kyssas. Det låter ganska coolt."

"Jag kan fortfarande inte fatta att mina instinkter hade fel om dig."

Erika ryckte på axlarna. "Jag bevakar vissa saker om mig själv noga. Jag är bra på hemligheter. Jag har aldrig haft den här diskussionen med någon tidigare."

"Tja, jag är smickrad. Nu, varför frågar du? Hade du någon i åtanke? Någon du är intresserad av att dejta?"

"Jösses nej. Jag ska erkänna, jag tänker på några av mina kvinnliga vänner så, och jag skulle inte ha något emot att kyssa dem, men ingen har gjort något åt mig än."

Tränaren Bethy skrattade. "Är det så du lever ditt liv? Väntar du på att andra ska ta det första steget?"

Erika nickade.

"Det är ingen bra livsstrategi", svarade tränaren Bethy. "I själva verket är det en fruktansvärd livsstrategi."

"Vad är alternativet? Gå runt och slå på tjejer i den lokala baren? Hitta en lesbisk Tinder-app på min telefon? Jag vet inte vad jag ska göra."

"Hmmm..."

"Vad betyder det?"

Tränaren skakade på huvudet. "Glöm det."

"Nej, berätta för mig."

"Ingenting. Jag tänkte bara att eftersom
du kan hålla en hemlighet kommer vi
överens, och du var nyfiken, jag kunde
ha hjälpt dig med ditt lilla dilemma. Det
skulle naturligtvis vara ett brott mot
etiken."

Erikas ögon vidgades och hon
ansträngde sig inte för att dölja sina
känslor. Kan ett sådant erbjudande
verkligen ligga på bordet? Bara jag
tänkte på det fick hennes ben att korsas i
poolen. Hon gjorde inga försök att dölja
det heller. Faktum är att hon var säker
på att tränare Bethy kunde känna lukten
av hennes upphetsning från poolen med
hjälp av superkrafter.

"Jag kan hålla en hemlighet", gnisslade
Erika.

"Regler är regler. Jag borde inte ha nämnt det."

"Så du kör aldrig över hastighetsgränsen?"

"Det är annorlunda."

"Hur?"

Coach Bethy tänkte en stund. "Svär du att aldrig berätta för någon?"

"Jag svär. När det kommer till hemligheter är jag pålitlig."

"Om du bryter mot detta löfte är straffet döden."

Erika slog sina ögonfransar och nickade. "Trippel svär."

"Blunda."

Och det var då allt förändrades. Erika höll ögonen stängda, kände hur vattnet strömmade runt henne och kände sedan ett par läppar trycka mot hennes egna. Kyssen kändes fin, mjuk och passionerad. Det var så en bra kyss skulle kännas. Den var mycket ömmare än någon annan kyss hon någonsin känt. Känslan av att deras läppar berörde skickade en behaglig känsla uppför Erikas ryggrad.

När tränaren Bethy smet in tungan kände Erika hur hennes fitta knöt ihop sig, hårt. Hennes ben korsades hårdare och tårna krökte. Deras tungor brottades i några sekunder innan tränaren Bethy drog sig undan.

"Du kan öppna ögonen nu", sa tränaren.

Erika öppnade ögonen för att se den vackra leende kvinnan. "Det var..."

"Nu vet du hur det är. Nyfikenheten borta."

"Tyckte du om det? Jag menar, gör det mot mig."

Tränaren Bethy nickade. "Ärligt talat, du smakar gott. Utsökt, till och med."

"Tack", rodnade Erika. "Du också."

"Vi måste gå nu. Jag har lektion om ungefär en halvtimme. Det här var trevligt. Vi kan dock aldrig göra det igen."

"Varför inte?"

"Inga svåra känslor, okej? Vi ses på träningen imorgon."

När tränaren Bethy försökte lämna poolen, slog Erikas instinkter och hormoner in, och hon tog tag i den kvinnliga tränaren runt midjan och drog henne nära så att de kysstes igen. Erika förvånade sig själv när hon gjorde det. Hon blev ännu mer förvånad över att tränaren Bethy inte slog henne i ansiktet.

Sedan tog kyssen slut och de tittade på varandra.

"Jag är ledsen för att jag tog tag i dig så där," sa Erika med en antydan av ånger. "Jag vet inte vad som kom över mig."

"Du är ung och tycker om att kyssas. Jag
förstår det. Men spela aldrig dominant
med mig. Det här är mitt gym. Jag är din
kvinnliga tränare. Jag är ansvarig."

Nu var det tränarens tur att utöva
kontroll genom att dra in Erika för en
ännu djupare kyss och visa hur detta
gick till. Den kvinnliga tränaren visade
en äkta känsla av kontroll över
situationen och halkade till och med
handen nedanför, drog Erikas
baddräktsunderdel åt sidan och kastade
in två fingrar utan att stanna förrän
Erika kom.

Och Erika kom på nolltid.

KAPITEL 3

Det var allt hon kunde tänka på, egentligen. Efter en sådan upplevelse, varför tänka på något annat?

Det var därför det var en stor överraskning för Erika att tränaren Bethy till synes gav henne den kalla axeln på träningen nästa dag. Återigen spelade tränaren favoriter och ägnade det mesta av sin tid åt att kommunicera med toppspelarna och ge allmänna instruktioner. Det var förståeligt med tanke på pressen för laget att vinna.

Men ändå, man kysser inte en tjej, får henne att sperma i poolen och låtsas som att det aldrig har hänt. Det är bara inte rätt. Erika förväntade sig åtminstone ett leende och ett vinkande hej , men det förstod hon inte ens.

Ännu värre, tränaren Bethy bad henne till och med lägga undan utrustningen själv, eftersom det var hennes "tur att städa". Hon blev säker på att hon blev straffad för sitt alltför aggressiva sexuella beteende i poolen, och detta var tränarens sätt att låta henne veta vem som är chef.

När Erika äntligen kunde gå i duschen tog hon sig tid och använde tillfället att koppla av. De andra tjejerna hade redan duschat, lämnat omklädningsrummet och stackars Erika var helt ensam. Hon skrubbade sig och schamponerade håret. Allt hon kunde tänka på var hur hon hade den här vackra upplevelsen med Coach Bethy, som på något sätt blev skruvad.

När schampot tvättades bort och hon drog tillbaka håret såg hon någon i ögonvrån och vände sig om för att se Coach Bethy som stod där, fortfarande klädd i en enkel t-shirt och träningsbyxor, lutad mot väggen och stirrade på henne.

Erika stängde av duschen och lät vattnet droppa från hennes kropp. Hon hade inga problem med att stå naken framför sin kvinnliga tränare. Kanske berodde det på att hon redan var så utmattad; fysiskt från träning och känslomässigt från hennes upplevda misshandel. Eller kanske för att det var upphetsande att låta sin kvinnliga tränare se henne bar så här.

"Du ser söt ut på det här sättet," sa tränaren Bethy med beundrande ögon.

"Som i naken?"

Tränaren Bethy log. "Ja, dina bröst är vackra, som jag föreställt mig att de skulle vara. Jag älskar hur vatten täcker dina pigga bröst, och de där rosa bröstvårtorna är att dö för."

De lugnande orden fick Erika att hålla hakan högt och rikta bröstet framåt.

"Fortsätt."

Coach Bethy undersökte vidare. "Du har en härlig figur. Mjuk hud. En fin form. Och en fin rund rumpa som jag önskar att jag kunde begrava mitt ansikte mellan."

Erika knöt ihop sina rumpa kinder bara av att nämna dess runda form.

"Jag kanske skulle låta dig leka med min rumpa om du inte var så avvisande mot mig idag. Betydde vår poolgrej ingenting för dig?"

"Först av allt, du är helt fantastisk," bekräftade tränaren Bethy. "För det andra, anledningen till att jag gav dig i uppdrag att städa är att vi skulle vara ensamma just nu."

Erikas fitta knöt ihop sig. "Åh."

"Jag ska vara ärlig; jag kan inte sluta tänka på dig. Men samtidigt vill jag inte förlora mitt jobb eller rykte över detta."

"Jag kan hålla en hemlighet", sa Erika.

"Svära?"

"Jag svär."

"Bra, för jag behöver en dusch", svarade tränaren Bethy. "Vill du starta vattnet och hjälpa till att tvätta mig?"

Erikas hjärta hoppade över ett slag. "Visst, vad som helst."

Erika sprang duschvattnet igen medan hon såg hur tränaren Bethy tog av sig sina kläder på ett alltid så vardagligt sätt. Under tränarens t-shirt låg en svart sport-bh som täckte små bröst. Den kvinnliga tränaren tog av sig sina skor och strumpor och stod barfota på golvet; sedan kom av hennes byxor och avslöjade hennes trosor.

Det galnaste var att Coach Bethy klädde av sig som om hon var ensam. Tittar inte på någon. Ingen tvekan. Inget sexigt med det. När hon tog bort sin sport-bh och

trosor avslöjade hon sin nakna kropp
med en bikinibrun linje runt brösten och
grenen. Hennes bröst var små men
hennes bruna bröstvårtor var stora och
redan stela.

Erika förblev frusen när hennes
kvinnliga tränare gick fram till henne
och gick under vattnet för att skölja av
sig. Sedan klev hon åt sidan.

"Schampo", sa tränaren med ryggen
vänd. "Använd sedan din skrubb på
mig."

"Ja, tränare Bethy."

Med ivriga händer stoppade Erika en
lagom portion schampo i handflatorna
och gned det i tränarens hår. Hon
smekte och masserade tills vita
skumbubblor var överallt. Det var roligt

och konstigt erotiskt att tvätta en annan kvinnas hår.

Därefter kom den roliga delen. Erika tvättade händerna i duschvattnet och la sedan gel på en skrubb.

"Överallt?" frågade Erika.

Tränaren Bethy vände sig om för att möta Erika, så att de stod öga mot öga, nakna.

"Överallt."

Erika tog ett djupt andetag och gick till jobbet med Bethys kropp. Börja med de "säkra" utrymmena först, som axlar och armar, känn den magra muskeltonen. Sedan gick hon över på sina bröst. Hennes ögon beundrade de solbrända linjerna. Erika ville desperat nypa de där stora bruna bröstvårtorna, men hon hade inte tillstånd, så hon undvek att göra det. Ändå använde hon skrubben för att trycka över bröstvårtorna och brösten, och såg dem vicka lite. Benen gjordes sist.

"Nu, lägg ner skrubben," sa tränaren Bethy. "Gnugga min hud. Det är så kroppar blir rengjorda, eller hur?"

"Ja", svarade Erika.

Det var ren förtjusning när Erika gned sina bara händer över den kvinnliga tränarens tvåliga hud och kände tonen och köttet. Hon fick äntligen känna på de där brösten, till och med gnugga bröstvårtorna (även om hon fortfarande inte kunde ta modet att nypa dem). Hon gnuggade till och med den kvinnliga tränarens atletiska lår, vader och fasta rumpa.

"Överallt", sa tränare Bethy och vände ryggen mot Erika. "Gnugga min klitoris."

Erika flämtade. "Är du inte rädd att någon ska fånga oss?"

"Vid den här tiden på dygnet borde ingen vara tillbaka här. Oavsett vilket är det bäst att skynda sig."

"Vad exakt vill du att jag ska göra?"

"Få mig att sperma."

Erika slukade. "Just. Du vill att jag ska ge tillbaka tjänsten från poolen."

"Smart tjej."

Erika tryckte framsidan av sin nakna kropp mot den kvinnliga tränarens nakna baksida. Det kändes elektriskt. Sedan sträckte hon sig fram med höger hand och rörde vid den kvinnliga tränarens gren och yttre blygdläppar. Det kändes som en blixt. Sedan gnuggade hon den kvinnliga tränarens klitoris. Herregud...

Det var ganska enkelt. Erika genomförde sin vanliga onanirutin med två fingrar på den kvinnliga tränarens fitta och reaktionen var omedelbar. Tränaren Bethy stönade och lutade huvudet bakåt från nöjet.

"Du är så bra på det där," stönade tränaren Bethy. "Var har du varit hela mitt liv?"

Erika fortsatte att gnugga sin klitoris. "Nu kan jag bli din assisterande kvinnliga tränare."

"Precis. Inofficiellt, alltså. Perfekt för att lindra stress under alla omständigheter. Sluta inte, jag kommer att sperma."

Att höra de orden tände bara en eld under Erika. Hon höll hårt om den kvinnliga tränarens nakna kropp och gnuggade ursinnigt.

Plötsligt spändes den kvinnliga tränarens kropp och hon lutade huvudet ytterligare bakåt. Hon andades in djupt och höll i det, som om hennes hjärta hade stannat, sedan andades hon ut allt. Alla hennes stress för dagen var borta på ett ögonblick, ersattes helt med nöje.

"Det var en fröjd", andades tränaren Bethy.

"Du vet, om mina händer inte var täckta av tvål, skulle jag slicka mina fingrar just nu."

Tränaren Bethy vände sig om så att de stod mot varandra. "Är det vad du normalt gör efter att du onanerat?"

"Om jag är på rätt humör."

"Duktig flicka."

De fnissade och kysste varandra på läpparna. Sedan klev de ner i duschvattnet tillsammans och lät tvålen rinna ner i avloppet.

När de stängde av vattnet kysste de lite till och plötsligt hörde de det: pratade och skrattade. Två eller tre tjejer hade precis kommit in i omklädningsrummet.

"Åh, fan", viskade Erika flämtande. "Vi måste klä på oss."

"Ingen tid. Följ mig."

Tränaren Bethy tog tag i Erika i handleden och drog ut henne ur duschen samtidigt som hon tog tag i hennes egna kläder. De gick på tå till baksidan av omklädningsrummet där tränaren slängde hennes kläder på en bänk och satte fingret mot hennes läppar för att säga: 'Shhh...'

De stod där tysta, nakna, deras kroppar droppande av vatten när de lyssnade på flickornas samtal. Det var tre kvinnliga spelare i softbollslaget. Ironiskt nog var det samma grupp religiösa tjejer som hade upptäckt den kvinnliga tränarens lesbiska hemlighet för ett tag sedan.

Den skruvade känslan av ironi fick bara tränare Bethy att le och beundra Erikas skönhet på nära håll, medan Erikas rygg pressades mot skåpet.

"Skapa inte ett ljud," viskade tränare Bethy.

När tjejerna pratade högt sinsemellan kysste den kvinnliga tränarens tunga Erika och Erika kysste direkt tillbaka så tyst de kunde.

Men det var inte bara kyssar som Coach Bethy var ute efter. Aldrig. Tränaren föll på knä och tittade upp med en djävulsk blick i ögonen. Detta gjorde direkt Erika nervös. Hon visste att om hon blev uppäten av sin erfarna kvinnliga tränare, fanns det inget sätt hon kunde hålla tillbaka. Det fanns inget val.

Tränaren Bethy lyfte ena av Erikas ben
och placerade sin fot på bänken och
lämnade Erika med en utbredd, våt fitta.
Tränaren gjorde "Shhh..."-gesten igen
och började äta och tryckte hennes
muns läppar mot läpparna på Erikas
fitta.

å sin sida knep ihop käken. Erika tryckte
båda handflatorna över munnen för att
dämpa alla ljud som kan komma ut. Hon
tvingade sig själv att vara tyst när den
kvinnliga tränaren levererade en expert
muntlig prestation; känna tungan störta
in och ut, känna att blygdläpparna sugs
och ibland känna hur tungan flimrar
över hennes klitoris.

Det gjorde henne galen, särskilt när hon
lyssnade på de kvinnliga spelarna i laget
dra grova skämt om deras sexliv. Det var
också upphetsande att avlyssna dessa
spelare samtidigt som de hade ett
hemligt lesbiskt möte med tränaren
Bethy.

Känslorna byggdes upp inom Erika och hon visste att hon skulle spricka. Hon var livrädd för att skrika för att de skulle fångas.

Hon knackade tränaren Bethy på huvudet och sa i munnen: "Jag kommer att sperma så jävla hårt."

Istället för att stanna såg tränaren Bethy bara mer upphetsad ut och gjorde "Shhh..."-gesten igen.

Coach Bethy gick tillbaka till att äta Erikas fitta, med mer kraft den här gången, och kastade två fingrar in i det uppväckta hålet. Det räckte för att göra Erika galen. Och det fick henne att sperma.

Erika täckte sin egen mun med två
händer och gjorde allt hon kunde för att
slippa skrika. Hon kände en ström av
vätskor skjuta in i den kvinnliga
tränarens mun och för ett ögonblick
undrade hon om tränaren Bethy skulle
resa sig upp och slå henne. Istället
fortsatte den kvinnliga tränaren att suga.
Tränaren Bethy njöt tydligen av att
dricka det.

När det var klart reste sig tränaren
Bethy upp och kramade sin nya
kvinnliga favoritspelare i laget, med
deras nakna kroppar och hårda
bröstvårtor vidrörande. De stod där och
såg varandra i ögonen medan de
lyssnade på de andra tjejerna som
fortfarande pratade. Det var vätska i
hela den kvinnliga tränarens mun.

Till slut gick de andra kvinnliga spelarna
och de var ensamma igen.

"Kan jag berätta en hemlighet?" frågade
tränaren Bethy.

"Något."

"Det här är faktiskt en stor fetisch av
mig. Att göra tjej/tjej saker i
omklädningsrummet så här. Det är en
enorm adrenalinkick för mig. Det finns
inget liknande. Jag är glad att jag fick
uppleva det med dig."

Erika suckade, "Fan, det var så jävla hett.
Jag tror att jag hittade min nya
favorithobby."

"Välkommen till min värld. Du är den
första kvinnliga spelaren i mitt lag som
jag någonsin har busat med, och jag vet
inte vad jag ska göra. Vi kommer att ta
reda på det här när vi går vidare,
förutsatt att du vill fortsätt. Under tiden
börjar det bli sent, och vi bör klä på oss."

De kysstes på munnen igen, men den här gången smakade Erika sin egen spruta på den kvinnliga tränarens mun. När den kvinnliga tränaren avslutade kyssen tog hon tag i sina kläder och gick därifrån.

"Vänta", sa Erika innan tränaren Bethy kunde gå. "Förlåt för att du sprutar så i munnen. Det menade jag inte."

Tränaren Bethy log, "Som jag sa, du är läcker."

Passet var över och tränaren gick därifrån med kläderna i handen med bara rumpan svajig för varje steg för Erika att beundra.

SLUTET